POÉSIES

ÉQUEVILLES

PAR

Sylvain DORABEL

LYON
IMPRIMERIE TYPOGRAPHIQUE A. PASTEL
10, *Petite rue de Cuire.*

1886

ÉQUEVILLES

POÉSIES

—

ÉQUEVILLES

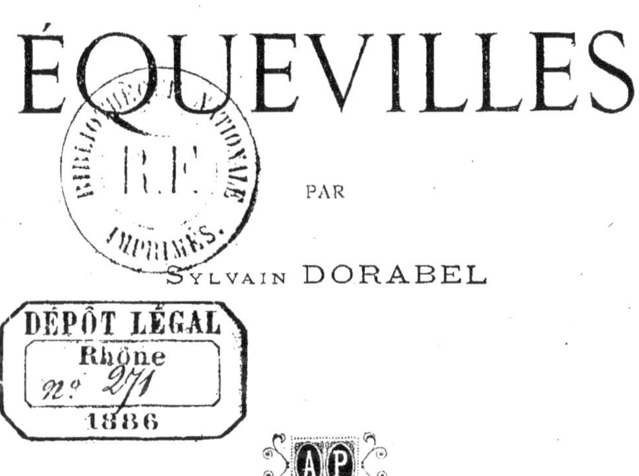

PAR

Sylvain DORABEL

LYON

IMPRIMERIE TYPOGRAPHIQUE A. PASTEL

10, Petite rue de Cuire.

—

1886

Il a été tiré de cette publication 200 exemplaires sur papier vélin et 20 sur papier de luxe, numérotés et paraphés par l'auteur.

PROLOGUE

A mon ami Paul SIGRIST.

Je ne suis pas de ceux dont la critique austère
Rejette froidement les plaisirs demi-nus ;
Pour moi, de l'Idéal le Naturel est frère :
Les vices sont parfois les parents des vertus.
Je ne m'étonne pas, dans le monde où nous sommes,
De voir la vérité s'habiller de lambeaux,
Je sais, bien jeune encor, ce que valent les hommes,
J'ai parcouru la terre, au milieu des tombeaux,
J'ai vu les os pourris au fond du cimetière :
L'Idéal est tombé dans le gouffre béant
Où la Réalité lui ciselait sa bière,
Mêlant la boue à l'or, dans un creuset géant.

Si ma rime s'aligne, ici, comme une vache
De sa langue tondant les herbes du gazon,
Je ne veux point user de la branche où s'attache
La mule ou le mulet, le bœuf ou le cochon.
Je ne vais point chercher de préface moqueuse
Sur un rhythme chanté, je ne sais pas trop où.
L'âne gris s'en va bien, sur la route poudreuse,
Sans traîner après lui la corde du licou.
Quoiqu'il en soit, lecteur, je tire ma casquette,
Comme il est d'habitude en cette occasion ;
Si mon livre te plaît, lectrice blondinette,
C'est qu'il ne manque pas de chaude expression.

LE PETIT ABANDONNÉ

A mon ami P. DONOT.

L'enfant n'a que dix mois, il dort dans son berceau.
Nourrice, qui bercez ce pauvre petit être,
    Bercez plus doucement,
    Bercez plus lentement,
Bercez, bercez toujours, auprès de la fenêtre,
Le soleil sur vos fronts rayonnera plus beau.

Bercez plus lentement, puisqu'il n'a pas de mère,
Puisqu'il est délaissé sur l'herbe du chemin.
    Auprès de la fenêtre,
    Bercez ce petit être,
Cet enfant qui s'endort dans son rire argentin,
Bercez plus lentement, puisqu'il n'a pas de père.

Bercez plus lentement, bercez dans ce berceau
Cet enfant qui s'endort, ce pauvre petit ange !
    Bercez plus doucement,
    Bercez plus lentement.
Voyez comme il repose, endormi dans son lange,
Petit abandonné, voyez comme il est beau !

LE FROMAGE DE FEMMES

A mon ami E. RAFFIANI.

Nouvelle vache Io, la femme,
Dans ses deux tetons arrondis,
Peut, après le baiser de flamme,
Créer des fromages pourris.

Combinaison ingénieuse,
Au-dessus du ventre — taudis !
On pourrait, chose curieuse,
Traire des tetons rebondis.

Chaque femme aurait de la crème,
Leur lait sucré serait plus doux ;
Sous leur barbe de Polyphème,
On le boirait à deux genoux.

Puis, rassemblés dans une cuve,
Arrosés d'un peu de gluant,
Les fromages, dans cette étuve,
Prendraient un goût fort, sûrement.

On verrait les femmes, par bandes,
Brune, blonde, par les garçons,
Dans un coin gris des vastes landes,
Se faire sucer les boutons.

Quel bonheur pour les poitrinaires,
Quel progrès pour tous les humains,
Si l'on voyait des filles-mères
Presser les pointes de leurs seins.

Mais hélas ! ceci n'est qu'un rêve,
Ceci n'arrivera jamais ;
Toujours se perdra cette sève,
Cette sève des gros nénais !

Et cependant, jeunes fillettes,
Si votre lait valait de l'or,
Vous pencheriez vos brunes têtes,
Sur vos boules, naissant trésor.

Ceci ne serait plus un rêve,
Et le prix du lait baisserait,
A mesure que votre sève
Dans vos deux seins blancs monterait.

Le gouvernement, sur la femme,
Lèverait un franc par teton.
Qu'en pensez-vous, ma belle dame ?
Qu'en pensez-vous, mon beau garçon ?

RIEN

—

Le champagne mousse,
Brillante liqueur,
Et sur ta frimousse,
Plante sa fraîcheur.

Dis-moi, gente amie,
Au sein du plaisir,
L'amour de la vie,
Vaut-il un soupir ?

Des jours de ta joie,
Je grise et je noie
Mes rires d'amant.

De ta lèvre rouge,
Où plus rien ne bouge,
Me reste ?... du vent.

L'ODALISQUE

A M. Louis CLAPOT.

Dans le sérail tout ombragé,
Comme une pêche déjà mûre,
Nouant sa noire chevelure,
Sous un ciel bleu tout nuagé,

La belle fille de l'Asie,
Près de l'Eunuque efféminé,
Fraîche et le voile dénoué,
Laisse voir sa chair rebondie.

Sur la lèvre rouge en chaleur,
Sur le bout du sein qui palpite,
La nonchalante Marguerite
Étale sa rose fraîcheur.

L'Eunuque voudrait être mâle,
Comme au pays des mangliers,
Avec des appâts singuliers,
Pour t'embrasser, la toute pâle !

ÉTOILE ROULANTE

Ce soir-là, j'arrivais des bords de la Garonne,
Et dans un casino, — temple de la gaîté, —
J'aperçus Josépha, pimpante, folichonne,
Quêtant de son œil clair un sourire effronté.
Pendant que, sur la scène, on amusait la foule,
— Amant d'un papillon qui voltige toujours :
Qui ne voltige pas sur cette mer de houle ? —
A Josépha, lecteur, je parlais des amours.
Le bock et le sirop font vite connaissance,
Et trois quarts d'heure après, j'emmenais cet oiseau.
Il gelait. Dans la nuit se perdaient en cadence,
Les rires de la ville et les plaintes de l'eau.
Sur le pavé glissant, les pâles reverbères
— Ces astres communaux de l'impudicité —
Eclairaient des catins se promenant par paires,
Se moquant d'un vieux mâle ou d'un paillard ganté.
Nous passions, tremblottants au souffle de la brise ;
Elle, se réchauffant sous le manteau moelleux,
Moi, riant de la voir étouffer une crise
De nerfs et regarder mon front de ses grands yeux.
Au lointain, sur un banc de granit tout humide,
Un enfant s'endormait de misère et de faim ;
La mère était pâlie et le sein flasque, aride,
Sans lait. A tout venant, elle tendait sa main,
Mais, rien... Je vis alors Josépha souriante,
Donner dix francs— les seuls qui lui restaient encor, —
Et la fille de joie eut un rire d'amante,
Métallique et vibrant comme la pièce d'or.

LA CHEMISE DE JEANNETON

La chemise de Jeanneton
Est faite d'une toile blanche ;
Vers le sommet est un cordon
Et des liserets sur la manche.

Les deux fesses bravent les plis
Que pourrait faire la chemise ;
Elle est douce comme un surplis,
Elle est large comme une église.

La chemise de Jeanneton
Est un chef-d'œuvre de Nature :
Toujours à l'aise est le teton
Sous cette molle couverture.

Chaque mois, Anglais par devant,
Et Chinois sur le derrière,
Y vont déposer, en passant,
Des virgules ordurières.

Quoi qu'il en soit, dans ses replis,
Jeanneton aime sa chemise :
Elle est douce comme un surplis,
Elle est large comme une église.

MINETTE

Un beau jour Minet à Minette,
Répétait : je t'aimerai bien,
Mais enfin, pour te voir seulette,
Minette, mets un peu du tien.

Minette est une chatte blanche
Et Minet un matou bien gris ;
Tous les deux, campés sur la hanche,
Bien souvent prennent des souris.

On ne dit pas si la Minette
Ecouta notre matou gris :
Mais il savait conter fleurette :
Tous les deux prirent des souris.

BOUTEILLE

Est-il rien de plus doux, sur notre pauvre terre,
Que ce liquide blanc ou rouge, liquoreux,
S'échappant brusquement, sous le pressoir qui serre
De son manteau d'acier tous ces grains merveilleux ?

Est-il rien de plus doux que le jus de la treille ?
Est-il rien de plus doux que l'or pur du raisin ?
Est-il rien de plus gai que la dive bouteille ?
Est-il rien de plus beau que les rubis du vin ?

Cherchez dans le ciel bleu, cherchez dans la planète,
Passez tout en revue, et dites, vieux buveur,
Si l'on a, quelque part, vu luire une comète
Dont l'éclat soit plus grand en généreuse ardeur ?

Remuez ciel et terre, et dans l'immense espace
Sondez tous les secrets en palpant la beauté,
Vous nous direz alors que devant votre face,
Debout, resplendissant, le vin seul est resté !

Vous nous direz alors, ami de la bouteille :
La femme ne vaut pas le baiser d'un bouchon,
Le roi de l'Univers est le jus de la treille,
Qu'il s'appelle Margaux, Tockay, La Tour, Chandon.

PIPE CASSÉE

Au père KIRCH.

J'avais une brune pipette
A rendre fou tous les fumeurs ;
Je ne t'ai plus, pauvre coquette,
Ah ! tonnerre ! que de malheurs !

J'aurais donné bien des fillettes,
Pour te conserver, doux trésor :
Les pipes de ces blondinettes
N'ont pas un cou chamarré d'or.

J'ai fumé dans leur tuyau rouge,
J'en suis dégoûté, nom d'un Dieu !
C'est pas délicat un vieux bouge,
Où le gonce a planté son pieu.

Elle était noire, ma pipette,
Le jus y coulait transparent ;
Ça valait mieux qu'une fillette,
Nom d'un Dieu, c'était moins puant !

A MON ADORABLE

Te souviens-tu parfois de l'oiseau qui s'envole
    Au souffle de l'amour,
Te souviens-tu, Miarou, de ta blanche auréole
    Des rêves d'un beau jour ?

Hélas ! le temps qui vole, en sa marche rapide,
    Emporte nos soupirs ;
C'est le vent de l'oubli qui va creuser la ride
    Au lac des souvenirs.

GRATTE-CULS

Gratte-Culs, Gratte-Culs, enfants de l'églantine,
Vous êtes délaissés dans votre lit désert ;
Vous êtes délaissés comme une noire épine,
Gratte-Culs, Gratte-Culs, sous votre bonnet vert.

Dis, quand tu fleurissais, ô ma blonde églantine,
Pensais-tu quelquefois à tes rouges enfants ?
Pensais-tu, pensais-tu, que sous ta noire épine,
Des Gratte-Culs viendraient poser leurs cous gluants ?

Gratte-Culs, Gratte-Culs, à la lèvre rougie,
Gratte-Culs, qui songez dans un rêve éternel,
Vous n'éprouvez jamais les chagrins de la vie,
Vous ne connaissez point l'amertume du sel.

Vous n'avez jamais vu, Gratte-Culs, la tristesse
Du pauvre qui n'a rien sous le bleu firmament ;
Vous êtes tous joyeux, sous la froide caresse,
Sous le drôle baiser que vous donne le vent.

Je voudrais, Gratte-Culs, pouvoir changer de vie,
Je voudrais, près de vous, me balancer, ainsi
Que se balance, en l'air, une pomme pourrie :
Je voudrais, près de vous, me divertir aussi.

En un mot, je voudrais, ô ma blonde églantine,
Être d'un Gratte-Cul le bec levé dans l'air ;
Si j'étais Gratte-Cul j'épouserais l'épine,
Et je me piquerais sur le poil de sa chair.

Si j'étais Gratte-Cul, je ferais bon ménage,
Mon épine serait le joyau de mon cœur ;
Si j'étais Gratte-Cul, je tournerais la page,
Sans détourner les yeux du livre du bonheur.

Si j'étais Gratte-Cul, ma maîtresse chérie,
Si j'étais Gratte-Cul, quel bonheur pour tous deux ;
Tu serais Gratte-Cul, ô ma petite amie,
Gratte-Cul, Gratte-Cul, que nous serions joyeux !

NONCHALANCE

Le papillon, dans la rosée,
Bleu, blanc, jaune, ou tout noir,
Vole sur la fleur irisée
Par le soleil couchant du soir.

Le grillon, dans l'herbe séchée,
De son cri-cri fait retentir
Le champ, où la taupe cachée,
Dans un trou gris s'en va mourir.

Au crépuscule, la cigale,
Quand on croit que tout est fini,
Fait sonner sa voix musicale,
Seule, dans le pampre jauni.

Et l'homme, la pipe à la bouche,
La culotte ouverte et le cou,
Sur le gazon du pré se couche,
Aux cris funèbres du hibou.

Sa femme, la tête pâlie,
Le ventre ouvert à tous les vents,
Comme une vache à l'écurie
Toujours mâchonne entre ses dents.

Et la morve au nez, la pucelle,
Les cheveux gras, le front gluant,
Avec des yeux de crecerelle,
Regarde Pierrot tendrement.

UNE OMBRE

Au gars qui l'étouffait de sa main frissonnante
La Vierge répétait : Encor ! Toujours ! Encor !
Et les ormeaux craquaient, sous l'haleine enivrante
De la brise du bois. Un pâle rayon d'or

L'éclairait ; j'entendis, sous les branches d'un saule,
La Vierge répétant : Encor ! Toujours ! Encor !
Tandis qu'étincelait le blanc de son épaule,
Et qu'un voleur aimé s'emparait du trésor.

Le vent qui caressait leurs deux têtes joyeuses,
Dissimulait, montrait, leurs formes paresseuses,
Sous les baisers de feu d'une lèvre d'amour

Et je n'aperçus plus qu'une forme douteuse,
Fuyant dans les taillis de la vallée ombreuse,
— Illusion perdue au souffle d'un beau jour !

L'AFRICAINE

L'Africaine a sa robe noire,
Couleur de l'ébène et du feu,
Carminée, à ne pas y croire,
De filaments d'un rouge bleu.

Le petit pied de l'Africaine
Est cambré dans un tissu noir ;
Pas le moindre bout de futaine
Qui nous empêche de le voir.

Aussi, quand la lune scintille,
Nous allons sous les mimosas,
Apprendre comment on s'habille
Au pays des Matabélas.

L'Africaine, dans sa peau noire,
Eclatante aux pâles rayons,
Habille de rose et de moire
Les Européens polissons.

EGO SUM

Je suis celui qui vient, dans la brise muette,
Doucement murmurer des paroles d'amour ;
Je suis le doux baiser qui fait plier la tête
Du galant amoureux, empressé dans sa cour.

Je suis celui qui vient chantonner à l'oreille
Le glouglou des flacons dans le gosier à sec ;
Je suis celui qui vient, dans le jus de la treille,
En souriant, toujours tremper mon petit bec.

Je suis celui qui vient, aux couches de folie,
Reposer mollement son corps tout abruti ;
Je suis celui qui vient, aux parfums de la vie,
Tendre son nez en l'air, raide et droit comme un I.

PERDUE

Connaissant la chose,
J'aurais pris ton bras,
Mordu ta chair rose.
Je ne savais pas !

J'aurais, ma mignonne,
Froissé tes appas,
Brisé ta couronne.
Je ne savais pas !

Penché sur ta hanche,
Faite de chair blanche,
Craquant sous mon bras,

J'aurais, mon amie,
Absorbé ta vie.
Je ne savais pas !

BLONDE

—

Au poète Jean SARRAZIN.

Près de toi, belle voyageuse,
A la toilette tapageuse,
J'ai passé bien des jours sereins ;
Nous avions même parapluie,
Quand le temps était à la pluie,
Et j'avais tes mains dans mes mains.

Un jour, à l'hôpital, crevée,
Tu passas, ma blonde rêvée,
Dans un reste de vieux satin.
J'allais te fermer la paupière
Et te conduire au cimetière :
J'étais seul, ma pauvre catin !

DÉSIR

Je voudrais, ô Lucie, être ton bas de Chine,
Pour sentir palpiter tes petits pieds mignons ;
Je voudrais, ô Lucie, être chemise fine,
Pour baiser tendrement le bout de tes tetons.

Je voudrais, ma Lucie, être ce quelque chose
Qui te fait frissonner, jusqu'en ton pantalon,
Quand tes yeux sont fermés et que ta bouche est close
Comme des roses fleurs le plus rose bouton.

IVROGNE

—

La salle est bien grise
Les bancs de sapin
Que le soleil grise,
Sont tachés de vin.

Sur la table noire,
Sont des brocs de vin ;
L'ivrogne a pour boire,
Du soir au matin.

La servante est brune,
Avec des tetons
Gros comme la lune,
Pointus mamelons !

Elle apporte à boire,
Dans l'immense broc,
Sa main est d'ivoire,
Son cul est un roc.

La pipe à la bouche,
Le verre à la main,
L'ivrogne ne touche
Qu'aux flacons de vin.

La bouteille en face,
Du soir au matin,
L'ivrogne n'entasse
Que verres de vin.

Rouge dans ta trogne,
Le visage en feu,
Bois toujours, ivrogne,
Sous le grand ciel bleu.

Bois le vin qui mousse,
Du soir au matin,
Bois, la vigne pousse,
Ton ventre est d'airain !

La pipe à la bouche,
Le verre à la main,
Ton œil gris qui louche,
Pétille de vin.

Vide la bouteille,
Vide, gai buveur,
Le jus de la treille
Est le Dieu du cœur.

La pipe à la bouche,
Le verre à la main,
Sur la table couche ;
Ivrogne, à demain.

CORNUTUS

Le jour où tu passas sous la fourche caudine,
Où tu sentis pousser quelque chose à ton front,
Tu croyais à la foi de ta brune Augustine ;
Enfant ! tu subissais la marque de l'affront.

Le jour où tu passas sous la fourche caudine,
Gaîment, tu nous contais les charmes de son cœur,
Et pendant ce temps-là, s'amusait Augustine,
Dans les bras vigoureux d'un jeune séducteur.

Cornutus, quand ta coupe écumait de champagne,
Quand, joyeux, tu poussais de l'ivresse le cri,
Tu ne te doutais pas qu'auprès de ta compagne
Un ami du mari passe avant le mari.

Tu ne te doutais point qu'une épouse infidèle
Jouissait du plaisir de te faire cornard,
Et que le tourtereau, près de la tourterelle,
Cassait, en souriant, une omelette au lard.

CRAPULOZ

Crapuloz, mon ami d'enfance,
Avec plaisir, je te fumais,
Quand ma lèvre sentait le rance,
Cher Crapuloz, que je t'aimais !

Avec toi bien souvent je flâne !
Quel bonheur quand je te fumais,
En vaguant par là, comme un âne,
Cher Crapuloz, que je t'aimais !

Et maintenant, pas de centimes !
Le vieux tabatier, sur mes rimes,
Crache un dédain que je connais.

Je n'ai pas le sou, pas de graisse,
Je passe comme un chien en laisse,
Cher Crapuloz, que je t'aimais !

COURTISANE

Dans son ventre poli que le plaisir soulève,
La courtisane, un jour, bien au fond de son cœur,
Sent la volupté battre, dans un brillant rêve,
La charge de l'amour et sa brûlante ardeur.

Tout son corps, passionné par un baiser de flamme,
Tremble sous les frissons qui lui courent la chair,
Debout, elle voudrait devant son œil de femme
Un mâle l'aveuglant comme un rapide éclair.

La courtisane alors, s'étire frémissante,
Excitant par son doigt, caresse palpitante,
Tous les désirs brûlants des charnelles amours ;

Et ses deux seins dodus sous l'éclat des lumières
Font resplendir au loin dans leurs fleurs printanières
Des boutons enivrants qui fleurissent toujours.

LE COLPORTEUR

La balle sur le dos, à travers la campagne,
Le colporteur s'en va, de maison en maison.
Pour lui, la balle c'est une vieille compagne ;
La balle, la réclame, ont pour lui même nom :
A pas lents, il s'en va, courbant sa longue échine,
Sous les planches de bois qui lui crèvent le dos ;
S'il entre quelque part, en posant sa machine,
Dans la salle on entend le craquement des os.
Fillettes et garçons demeurent en extase,
Devant le contenu de la boîte de bois :
Savons, pipes, boutons, sont rangés là, par case,
Dans un ordre parfait, dérangé quelquefois.
La fille de la ferme achèterait un peigne ;
Le garçon d'écurie, une pipe de bois ;
Mais il faut pour cela que chacun d'eux se saigne
Pour subir du marchand les éternelles lois.
La mère de famille examine sa bourse :
— Qu'il est dur d'acheter pour trois sous un savon ! —
Le colporteur, pourtant, va reprendre sa course,
Hâtez-vous, hâtez-vous, ô gens de la maison.

Voyez, la route est longue et de fleurs embaumée,
Avec ses cailloux blancs dans le fossé plein d'eau ;
Le colporteur s'arrête et sa peau basanée
A des reflets cuivrés qui le rendent plus beau.
Son lourd bâton durci soutient la grosse caisse,
Pendant que, recomptant tout son gain, sou par sou,
Le colporteur joyeux moelleusement caresse,
Du revers de la main, la crasse de son cou.

Soudain, quand la nuit tombe, il va dans quelque ferme,
Manger la soupe : il est toujours le bienvenu.
Le paysan, heureux, l'entend, de sa voix ferme,
Chanter de vieux refrains, sous le plafond chenu.
Puis bientôt tout s'endort : englouti dans la paille,
Avec un drap de lit qui lui masque les bras,
Le colporteur est là, couché comme une caille,
Prêtant l'oreille au bruit que ferait quelque pas.
Et parfois, la servante, ayant un doux caprice,
Pénètre sourdement dans le grenier ouvert...
Près du colporteur, doucement elle se glisse,
Et lui donne à baiser son beau sein découvert.

Le lendemain, adieu ! c'est le jour du dimanche ;
Tout auprès de l'église, avec son bibelot,
Le colporteur est là, se retroussant la manche,
— Orateur de chemin, vendant son camelot. —

Camarade joyeux, souriant à la fille,
Aimé de tout le monde et chéri du patron,
Le colporteur est là, comme dans sa famille,
Avec sa grosse caisse et sa folle chanson.

SIÈGE COMMODE

Il est près de la maisonnette
Quelque chose comme un endroit,
Où bien des fois, jeune fillette,
Ta cuisse blanche est à l'étroit.

Quand un besoin de la nature
Se fait trop vivement sentir,
Comme une poire toute mûre,
Tu sens ton ventre tressaillir.

Tu sens ton ventre qui s'insurge,
Tu sens ton ventre, brune enfant,
Murmurer là comme une purge,
Prise le matin lestement.

Quoi qu'il en soit, jeune fillette,
Quoi qu'il en soit, dans cet endroit,
Ne mets ni le pied, ni la tête,
Sur ce tabouret trop étroit.

Tu m'oses dire : Il est commode ;
Ce n'est pas vrai, ma pauvre enfant,
Crois-moi, change, change de mode
Comme tu changerais d'amant.

BONHEUR !

Ma Lise me sourit, et sur l'épaule blanche,
Je vois flotter, légers, de grands cheveux tout noirs.
Le feu brille, flamboie, et notre cœur s'épanche,
Comme un premier amour, à la brise des soirs.

Gardez, moelleux sofa, gardez de nos caresses,
Gardez de nos amours le jeune souvenir.
Nous reviendrons à vous dans nos folles tendresses,
Quand sonnera, pour nous, l'horloge du plaisir.

LE POELE DES GUEUX

Quand la neige s'incline au milieu des grands arbres,
Tristes comme le flot qui roule tout glacé,
L'azur a des reflets se cramponnant aux marbres,
Le pin, sur le rocher, semble cadenacé.

Tout à coup, dans le ciel, des rayons de lumière
Viennent jaunir la plaine aux reflets miroitants ;
Le rose-violet scintille, et la clairière
Se dépouille bientôt de ses linceuls mouvants.

De la terre s'exhale une blanche fumée,
Sur le rocher moussu, la paille est allumée,
Pourprant les vieux clochers du rouge de ses feux.

Les pauvres, les galeux, pelés, criant misère,
Vont chauffer leur guenille à la grande chaudière ;
Car le soleil levant, c'est le poële des gueux.

GRISETTE

Elle n'a rien que sa chemise,
Sa bottine, son air rieur,
Un brin de toilette, sa mise
Pimpante, pleine de fraîcheur.

Mais elle a gardé, la pauvrette !
Le sachet bleu de la gaîté,
Le sourire de l'amusette
Et le piquant de la beauté.

Le petit front de la Grisette
Abrite bien des voyageurs ;
Elle a pour tous une risette,
Pour de l'or, des bouquets de fleurs.

Dans les grâces de son corsage,
Voltigent de beaux papillons ;
Tous sont encor dans le jeune âge
Des amours et des gueuletons.

Devant un miroir de Venise,
Une glace des Gobelins,
Elle jette bas sa chemise,
Avec des rires argentins.

Elle écarte, sans plus d'excuses,
De petits pieds, doucets, mignons,
Et de son grand œil qui s'amuse,
Regarde, scrute les cloisons.

Son corps neigeux est plein de charmes,
Les seins palpitent, tout gonflés
De plaisirs, de célestes larmes,
Et de coquillages perlés.

Tout le monde aime la Grisette :
Auprès du champagne mousseux,
Elle enivre d'une risette
Et d'un éclair de ses beau yeux !

LE MARCHÉ DE NANKIN

Les Chinois sont pillards, surtout dans la victoire.
Près de vingt mille sacs, apportés à Nankin,
Faisaient, ce beau jour-là, de la ville, une foire
Où tous les paysans se rendaient le matin.

On avait, en effet, proposé pour la vente,
Des femmes — la laideur y primait la beauté —
Et certes, la plupart, n'avaient, pour toute rente,
Que la peau du tambour de la félicité.

On avait mis le prix à deux écus par tête
— Pour la belle, pas cher, trop pour le laideron —
Il fallut, au marché, cacheter la poulette
Dans un grand sac de cuir noué par un cordon.

La vente marchait dur, deux écus une fille !
Certes, c'était bien là le cas de se fournir !
Les paysans pleuvaient sur les murs de la ville,
Le sac le plus petit arrachait un soupir !

Cependant quel regard, plein d'espoir et de doute,
Sur chaque sac debout, contre le mur dressé,
Quand le cœur murmurait, il faut coûte que coûte,
Acheter deux écus ce corps matelassé !

L'oreille percevait, sous le ciel des pagodes,
Les cris sourds des soldats, vendant au paysan,
Un sac, comme l'on vend les chansons des rapsodes,
Un sac où la fillette attendait son tyran.

Les uns, le marché fait, pliaient, courbant la tête,
Sous le poids du fardeau qui pesait sur le dos,
Calculant, s'ils avaient une brune fillette,
Une enfant blonde à qui l'on casserait les os.

Les uns, en accourant, hors la ville, en la plaine,
Découvraient, dans le sac, un monstre de dégoût,
N'ayant pas une dent pour arrêter l'haleine
Qui, puante, sortait de sa bouche d'égout.

Ils n'avaient pour recours contre la marchandise,
Qu'un coup de pied sonnant sur le crâne blanchi,
Tandis que le soldat, riant de leur bêtise,
Roulait le sac de chair sur le pavé durci.

Les autres arrivaient dans leur case de paille,
Avec des cris de bête ayant jeûné trois jours,
Découvraient leur beauté dans une mince taille
Et ruaient sur ce corps leurs brutales amours.

D'autres, en dénouant la noire couverture,
Regardaient s'echapper la fille — comme un chat
Qui guette, dans un coin, les trous où la Nature
Loge discrètement le pauvre petit rat.

O Sac ! La fille qui gisait, entortillée,
Sur le dos d'un quelqu'un, dans ton rouleau de cuir,
Devait, n'est-il pas vrai, se croire ensorcelée
Par quelque démon noir qui la ferait mourir.

O Sac ! Si ce jour-là, quelque bonne fortune,
M'eût amené là-bas, à l'heure du marché,
J'aurais pris trente sacs : qu'elle fût blonde ou brune
La fille m'eût quand même, un jour, dédommagé !

PRÉCEPTE

Francelle avait jeté ses bras autour de moi,
Je la sentais bondir, ma petite amoureuse,
Au spasme délirant de la divine loi
Qui fait d'une fillette une folle joyeuse.

Jouissez, dit la chair aux remous pleins de feu,
Jouissez, car viendra le moment de mourir,
Livrez-vous sans regret aux rires de ce jeu ;
L'amour et le bonheur sont un même plaisir.

JANUA CŒLI

Si j'adore ta jambe ronde,
Gommeuse aux cheveux frisottés,
J'aime ton petit air de blonde,
Avec tes grands yeux éreintés.

Bien souvent, je frappe à ta porte
Béante, elle m'ouvre ses bras ;
On dirait, le diable m'emporte,
Qu'elle m'aime et le dit tout bas.

Alors, je voudrais te redire
Les belles choses d'autrefois,
Mais tu refermes, sans mot dire,
Lentement tes planches de bois.

ÉPINGLE

Epinglette à demi-rouillée,
D'un petit ange, souvenir,
De parfums tu n'es plus mouillée,
Le vent du soir t'a fait pâlir.

Cachée au fond de ma pochette,
Dans la doublure de satin,
Sommeille, petite épinglette,
Dans l'oubli, du soir au matin.

Tu me rappelles dans la vie,
Les seins bombés de mon amie
Et l'or jauni de ses cheveux.

Reste-là, ma chère épinglette,
Piquée au fond de ma pochette,
Dans l'oubli des jours malheureux.

RAYON DE SOLEIL

A mon ami GABRIEL MAY.

Quand le Printemps verdit au fond de la prairie,
Sur l'or du papillon voltigent les amours,
Tous les êtres s'en vont pour gaspiller la vie,
Chercher l'ardent délire aux baisers des beaux jours,

L'adolescent qui rêve aux cheveux blonds des filles
Venant frotter leurs crins sur le poil de sa peau,
Croit sentir près de lui se frôler des mantilles :
Un rêve échevelé lui hante le cerveau.

La pucelle au contact de la peau frémissante
Sent palpiter un nerf, battre bien fort son cœur,
Et son doigt va gratter dans la toison naissante
Le bouton virginal qui cause son bonheur.

Puis un flot écumant de ses lèvres charnues,
S'échappe, et fait trembler ses deux mollets de chair,
La pucelle se voit là, debout, toute nue
Sous le grand soleil d'or perdu dans le ciel clair.

CROTTE

Le mur est blanc, la terre est noire,
La crotte est là, bien près du mur,
Toute droite, comme une poire,
Levant son bec vers le ciel pur !

Qui t'oublia, ma pauvre crotte ?
Qui t'oublia, dans ce recoin,
Comme on jette une vieille botte
Dont la jambe n'a plus besoin ?

Pour la centième fois, peut-être,
Je te considère, en passant,
Je me demande quel est l'être
Qui te posa si lestement.

C'est un véritable problème,
Que je ne puis approfondir,
Mais je vois sur ta face blême
Quelque chose du souvenir.

Tu restes là, comme une reine
— N'ayant plus son palais géant —
N'éprouvant peut-être la peine
Que de sécher dans un instant.

Quoi qu'il en soit, ma pauvre crotte,
Dors dans ton lit, au pied du mur,
Tu n'es pas encor dans la hotte,
Crevant de rage sous l'azur.

Dors du sommeil de la misère,
Bien triste auprès de ce gros mur,
Dors, ma crotte, dans ta colère,
Faite des rêves du ciel pur.

Tu sècheras comme une motte,
Sous le soleil d'or d'ici-bas ;
Si tu sens mauvais, pauvre crotte,
A qui la faute, n'est-ce pas ?

DERNIER FEUILLET

A M. Félix DESVERNAY.

Sur ce feuillet, je clos mon gros rire, ô mon livre ;
Sur ce feuillet, je clos tous mes rêves d'amour...
Dans une verte absinthe, il faut que je m'enivre :
Puis, de ce pas, j'irai faire aux tetons la cour.

Je sais que bien des gens, — bourgeois tous pleins de tripes,
Dégueuleront sur toi leur bile de serpent...
Mais dors, mon feuillet, dors : en fumant nos deux pipes,
Nous lâcherons sur eux quelque crachat puant.